25222

1640

LA VIE,
ET LE
MARTYRE
DE LA
BIEN-HEVREVSE
SAINCTE
HONORINE.

A PARIS,

Chez PIERRE TARGA, Imprimeur
ordinaire de l'Archeuesché de Paris,
ruë S. Victor, au Soleil d'Or.

M. D. XXXX.

A MONSIEVR DE CONTES,

Chancellier de l'Eglise & Vniuersité de
Paris, Prieur du Prieuré de SAINCTE
HONORINE de Conflans, &c.

MONSIEVR,

Bien que vous estimiez
temerité de ce que i'ose vous
presenter ce petit Opuscule, qui n'est pas
veritablement digne (sinon pour son sujet)
que vous y arrestiez vostre œil, ny encores
moins vostre esprit ; je supplieray, neant-
moins, vostre naturelle courtoisie, de treuuer
bon que je le face voir à vos Amis, sous les
auspices de vostre pieté, qui recognoistront
comme Vous, que ce n'est que par deuoir
que j'ay pris la hardiesse de ce faire, &
que le grand desir de vous témoigner mon
seruice en toutes choses, m'a fait parler

A ij

comme ce pieux Soldat, muet de nature,
qui voyant vn homme furieux, l'espée à la
main, qui prenoit le chemin d'aller tuer son
pere, luy cria miraculeusement, Ne le tuez-
pas, c'est mon pere : ce qui l'empescha de
passer outre; aussi ma volonté m'a porté à
composer ces Vers, encores que je ne feus
jamais Poëte, mais ignorant naturellement,
pour vous obliger à croire que je suis entie-
tierement,

MONSIEVR.

Vostre tres-humble, tres-obeïssant,
& tres-fidelle seruiteur,

I. LAGNITRE.

LA VIE, ET LE
Martyre de la Bien-heu-
reuſe SAINCTE
HONORINE.

GRAND *Dieu qui dans ta Sa-*
   pience,
 Creas tout ſelon tes deſſeins,
Tu fais bien encore en tes Saints
Pareſtre ta Toute-puiſſance:
Que tes bontez & ton pouuoir
S'y font admirablement voir,
Mais ſur tous en ſaincte HONORINE,
Dont, auec ta permiſſion,
I'eſcris la conſtance diuine
Et la mort & la paſſion.

Pour commencer la vraye Histoire
D'vn sujet si rare & si beau,
Et faire sortir du tombeau
Ses actions pleines de gloire:
Ie vous diray, sages Mortels,
Qu'en Cappadoce mille Autels
Fumoient pour mille Dieux friuoles,
Et que les petis & les grans,
Croyoient & suiuoient les paroles
De leurs Oracles ignorans.

Iupiter, Pluton & Neptune
Se faisoient de jour reuerer;
La nuict seruoit pour adorer
Les foibles rayons de la Lune:
Quand les Trônes majestueux
S'ornoient des corps presumptueux
De Galerius & Constance,
Qui forçoient sous le mesme abus,
Tous ceux de leur obeïssance
D'adorer la Sœur de Phœbus.

Arriua qu'vn tres-noble Prince,
Nommé Dorus, de tous les siens,
Ne persecutoit les Chrestiens,
Tant que ceux de cette prouince;
Dieu permit qu'il se maria
Auec la prudente Thea
De vertus & de biens dottée,
Dont nâquit legitimement
HONORINE, que Dorothée,
L'on appelloit premierement.

Or cette jeunesse admirable,
Conduite par le sainct Esprit,
Choisit la Loy de IESVS-CHRIST,
Et le crût luy seul adorable,
En joignant à sa pieté
Les vœus de la virginité,
Elle se rendit si parfaite,
Que ses Chrestiennes actions
La preschoient d'vne voix muette,
Parmy les autres Nations.

Dans Cesarée, à son exemple,
Plusieurs commençoient à douter,
Ce que ne pouuant supporter
Le souuerain Prestre du Temple,
Il en donne auis aussi tost
A Saprice le grand Preuost,
Meschant & cruel de nature,
Qui la fit en bref auertir
Qu'elle sentiroit la torture,
Ou qu'elle eût à se conuertir.

Pleine d'vne celeste grace,
Et bien fondée en nostre Foy,
Elle luy respond sans effroy,
Et en méprisant sa menace,
Ie ne cognois que IESVS-CHRIST,
Il tient mon cœur & mon esprit,
Ie croy ses Loix & son Eglise:
Et c'est, Saprice, desormais
Où toute ma volonté vise,
Et pretend viser à iamais.

Vostre

Voſtre religion profane
Eſt abuſiue entierement:
Voy-je pas bien que ſeulement
Ce n'eſt qu'vn aſtre que Diane:
Il ſuffit que nous l'admirions,
Mais il faut que nous adorions
Son Createur incomparable :
Et que noſtre eſprit ſoit porté
A croire au myſtere ineffable
De la tres-ſainĉte TRINITE'.

I'y tiens d'vne ferme croyance,
Trois perſonnes diſtinĉtement
Qui ne ſont qu'vn Dieu ſeulement,
Pour n'auoir qu'vne meſme eſſence :
Le Pere a pour Fils IESVS-CHRIST,
D'Eux procede le ſainĉt Eſprit,
Par leur admirable Sageſſe,
Et c'eſt cette Diuinité
Que ſeule au monde ie confeſſe
Eſtre adorable en verité.

'*Alors Saprice la fit taire*
Qui, confus, commence à rougir,
Et chacun l'entendit rugir
Comme vn Lion en sa colere
Pour mieux pallier ses fureurs,
Il fait sçauoir aux Empereurs
Les intentions de la Vierge,
Qui commandent absolument
Au Preuost, Archers & Concierge,
De l'emprisonner promptement.

Il n'eût pas si tost la patente
Qu'il la fait jetter en prison,
Et d'vne barbare façon
Ordonne que l'on la tourmente:
D'abord, il la fait condamner
Le temps de trois iours à jeusner,
Au fonds de ces noires abismes,
Et veut qu'on la gehenne en ce lieu,
Comme si c'estoient de grands crimes
Que de confesser le vray Dieu.

Ils l'appliquent à la torture,
Son Corps est fracassé par tout,
Et ses membres de bout en bout
Sont peints d'vne horrible figure:
La voyant si bien resister,
Il la fait aigrement foüetter
Auec des verges si poignantes,
Qu'elle tesmoigne par des pleurs,
Bien qu'elle soit des plus constantes,
Quel est l'excez de ses douleurs.

Saprice esmeu dans son courage
Luy dit, HONORINE, croy moy,
Quitte ton Dieu, reçois ma loy,
Et ie te prens en mariage:
Ne refuse point cét honneur,
Puisque ne despend ton bon-heur
Que du bien que ie te desire,
Regarde, si tu veux mourir
Dans les douleurs de ce martyre,
Ou ce que ie te viens d'offrir.

B ij

Quand tu possederois encore
Tous ces grands tresors Indiens,
(Dit-elle) ne peuuent ces biens
M'esloigner du Dieu que i'adore:
Plustost mourrois-je mille fois
Que de prendre d'vn pire choix
La chose que tu m'as offerte,
Et plustost mourroit mon esprit,
Que ma bouche se vît ouuerte,
Pour renoncer à IESVS-CHRIST,

C'est mon Espoux, ie seray sienne,
Et sa haute Diuinité
Se plaist auec l'humanité
D'vne personne bien-Chrestienne,
Ne l'espousa-t'il pas jadis
En descendant du Paradis
Dans le Ventre d'vne pucelle,
Que le sainct Esprit obumbra,
Et qui d'vne vertu nouuelle
Heureusement s'en deliura.

C'eſt celuy que ces Roys tres-ſages
Vinrent des bouts de l'Vniuers,
Auecques leurs preſents diuers,
Adorer par de ſainɛts hommages,
Que les Iuifs firent tant ſouffrir,
Que Pilate ordonna mourir,
Suiuant les vieilles Propheties,
Afin de garantir du dam
Nos Ames ſales & noircies
Du crime commis par Adam.

Eſtant mort, ſon Ame deualle
Dans les Limbes, lieux foû-terrains,
Pour faire ſortir les Humains
De cette priſon infernalle;
Apres ces faiɛts laborieux
Il reſſuſcita glorieux
Plein d'vne Majeſté diuine,
Ainſi monta-t'il dans le Ciel,
D'où ſon œil contemple HONORINE,
Et ſon perſecuteur cruel.

Cruel, vrayment, ie te le jure,
Luy repart-il en blasphemant,
Car tu sentiras vn tourment
Capable d'vne telle injure;
Approchez icy, compagnons,
Prenons ce Corps, & le joignons
A quelque nouuelle torture;
Posez le sur vn Cheualet,
Et vayons en ceste posture
S'il sera constant comme il est.

Comme si c'estoient des delices,
Ces Tygres sont prests d'obeïr,
Et ne sçauent non plus haïr
Les cruautez, & les supplices.
Vn Trauail, instrument d'Enfer,
Plein d'accrocs, & broches de fer
Se dresse en la place publique,
Pour exposer cruellement
Cette Innocente Catholique,
Qui s'y met genereusement.

En s'escriant d'vne voix forte,
Saprice, tourmente mon Corps,
Quand tous mes membres seront morts
Mon Ame ne sera pas morte :
Le Tout-puissant, en qui je crois,
Ce grand Dieu qui mourut en Croix
Pour rachepter l'humaine race,
Me console dans cét ennuy,
Et me fera bien-tost la grace
De la tirer auprés de luy.

Cette asseurance sur-humaine
Fit detester ce President,
Et fait voir d'vn geste euident
Combien il endure de peine ;
Il veut tenter autre chemin,
Et fait venir à cette fin
Deuant luy Christeine & Caliste :
Qui craignant que l'on les meurtrît,
Auoient d'vne parole triste,
Quitté la Loy de IESVS-CHRIST.

Couuertes à leur aduantage,
Brillantes comme le Soleil
Vont en ce pompeux appareil
Sçauoir à quoy tend leur meſſage,
Quand il leur dit, Allez mes ſœurs,
Par vos naturelles douceurs
Taſcher d'attirer HONORINE?
Faites-luy quitter comme vous,
La reſolution badine
D'adorer vn Dieu malgré nous.

Repreſentez-luy ſon caprice
De tant demeurer en ce lieu,
Où ſon imaginaire Dieu
N'empeſche point qu'on la meurtriſſe,
Qu'elle y doit en bref renoncer,
Lors je promets de l'eſpouſer;
Et la feray ma propre femme
Enfin auant que de partir
Exhortez tellemeut ſon Ame,
Qu'elle vueille ſe conuertir.

Pleines

Pleines de respect & de crainte,
Ces filles s'en-vont sans tarder,
A ce qu'il vient de commander,
Et haranguent ainsi la Saincte,
Chere fille quelle pitié,
Qu'vne si friuole amitié
Vous aye en cét estat rangée,
Ce CHRIST, qui vous fait tant souffrir,
Se plaist à vous voir affligée,
Ou ne sçauroit vous secourir.

Quittez donc, Vierge, cette geine,
Tournez le visage vers nous,
Qui vous presentons vn époux
Digne de l'amour d'vne Reine :
Au lieu de ces maux rigoureux
Vos iours seront les plus heureux
Qu'on puisse desirer au monde,
Et vous verrez que vostre esprit,
Dans les honneurs dont il abonde,
Mesprisera ce IESVS-CHRIST,

Elles n'ont pas finy ce conte,
Que noſtre Sainᄃte leur repart,
C'eſt vous, Dames, de voſtre part
Qui deuriez mourir de honte :
Venez-ça, pourquoy craignez vous
De ſentir vn peu le courroux
Des ennemis du Dieu ſuprême,
Puiſque vous ſçauez qu'autresfois,
Il voulut bien mourir luy-meſme,
Pour nous en l'arbre de la Croix.

C'eſtoit pour effacer les crimes
Que nos Peres auoient commis,
Et pour rendre tous ſes amis
Francs des infernalles abiſmes :
L'effeᄃt d'vne ſi grande amour
Ne deuroit-il pas chaque iour
Nous ſolliciter à le ſuiure,
Puiſque quand pour luy nous mourons,
C'eſt dans l'eſperance de viure
Dedans le Ciel où nous irons.

Ce peu de si hautes paroles
Fut si grauement prononcé,
Que les deux sœurs ont renoncé
A Saprice & à ses Idoles:
Alors toutes deux à genoux
Crient, saincte Dame, aydez nous,
A prier Dieu qu'il nous pardonne;
Il est vray que nous auons tort,
Et desirons qu'on nous ordonne
D'en souffrir la plus rude mort.

En parlant toutes trois ensemble
Dans cette resolution,
Leur visible conuersion
Fait que dés-ja Saprice tremble:
Dedans le doute & dans l'ennuy,
Il fait venir Caliste à luy
Pour luy raconter son message,
Mais elle confirma sa peur,
En luy disant d'vn grand courage,
Ie suis Chrestienne auec ma sœur.

Or que tes Idoles infames
Se facent adorer ailleurs,
Nous auons des desseins meilleurs,
Seruant le Sauueur de nos Ames :
Fay bruire à present ton courroux,
Exerce ta rage sur nous,
Romps, trenche, brûle, estrangle, arrache,
Nous sommes prestes de souffrir,
Et afin que chacun le sçache,
Voulons pour IESVS CHRIST mourir.

Le Tyran forcenant escume
De colere & de desespoir,
Et l'ardeur qui le fait mouuoir
Monstre à tous sa teste qui fume :
Il fait attacher dos à dos
Ces deux filles, & sans repos
Il les fait flageller & battre,
Et tasche en cette passion
D'amoindrir & de leur abbatre
Leur forte resolution.

Recognoissant tousiours en elles
Plus de courage que deuant,
Il fait approcher en auant
Les vexations plus cruelles :
Vn vaisseau plein de plomb fondu,
Sur vn grand fourneau suspendu,
Menace Caliste & Christeine :
Et ne tarde-t'on pas beaucoup,
Suiuant sa sentence inhumaine,
A les y plonger tout à coup.

Considerons nos patientes
Dans ces excessiues douleurs ;
Du moins moderons par nos pleurs
L'ardeur des Chaudieres bouillantes,
Où le Tyran les voit prier,
Et dans l'angoisse s'écrier,
Secours, ô Redempteur des Ames,
Ce qui le sçeut tant animer
Qu'il fit renuerser dans les flames
Le tout, pour l'y voir consommer.

Peſle-meſle dans la fournaiſe,
Le plomb, les filles, le vaiſſeau,
Par le remu-ment du bourreau,
Se conſomment comme la braiſe,
Lors que l'on entend parmy l'air
Des Eſprits bien heureux voler
Eſmeus d'vne ſaincte lyeſſe :
Qui dans des airs melodieux,
Emmenoient auec allegreſſe,
Ces belles Ames dans les Cieux.

Ce jour ſe paſſa de la ſorte,
Saprice retourne chez luy,
Qui conſulte dans ſon ennuy
Auec vne parole morte :
Il ne ſçait que faire à cela,
Tantoſt preſt de tout quitter là,
Il deteſte Dieux & Déeſſes :
Et puis il s'auiſe auſſi toſt,
Que des filles ſoient les maiſtreſſes,
Sur le pouuoir d'vn grand Preuoſt.

Non, non, dit-il, cette HONORINE,
Ne me fera iamais la loy,
Puisque sa puissance est en moy,
De son bien ou de sa ruine :
Elle verra demain matin,
Comment ie force le destin,
Soit à faire mourir ou viure,
Celuy qui contre mon desir
Se veut emanciper de suiure
Les Dieux qu'il luy plaist de choisir.

De faict, aussi tost que l'Aurore,
Ouure les barrieres du jour,
Et que le Soleil de retour
Parest au riuage du More :
Ce cruel sort de sa maison,
S'achemine vers la prison
Poussé d'vne colere extrême,
Et dans des mouuemens si chauds,
l fait tirer à l'heure mesme
Nostre Innocente des cachots.

Hé bien, dit-il, fille obſtinée
A touſiours me contrarier,
Si tu l'es autant comme hier
Tu ſeras bien toſt condamnée,
Mais i'eſtime que ces tourments,
Ont ſemblé par trop vehements,
Pour que maintenant on s'y porte:
Ils le ſont, reprit-elle alors,
Mais quand nous mourons de la ſorte
Nous ſauuons l'ame par le corps.

La chair, le ſang, l'os & le reſte
De ceux qui laiſſent tes faux Dieux,
Seruent d'inſtruments glorieux
Pour ouurir la porte celeſte,
Ainſi mes deux Sœurs deſormais
Iouïront d'vne entiere paix,
Et d'vne incomparable joye;
Pource je te dis franchement,
Ie veux ſuiure la meſme voye,
Pour reuiure eternellement.

A ces

A ces mots le Tyran enrage,
Ses yeux viennent à s'égarer,
Et ne l'oit-on plus respirer
Que sang, feu, fer, meurtre & carnage;
Il la fait sans cesse outrager,
Afin de la plus affliger
Attendant vne mort cruelle :
Là s'exerce tant de rigueur
Que celuy-la qui la bourrelle
N'a pas luy-mesme assez de cœur.

Dedans son esprit diabolique
Il recherche à la tourmenter,
Et tout ce qu'il peut inuenter
Si tost le-fait mettre en pratique:
Suiuant ses inhumanitez
Il fait poser à ses costez
Quelques lampes pleines de soulfre,
De Salpétre & de poix en feu,
Dont cette patiente souffre
Se rostir les flancs peu à peu.

D

La pluſpart de la populace
S'efforçoit de la conuertir,
Tremblant de la voir tant patir
Sans qu'elle aye changé de face,
Parmy ces tourmens rigoureux,
Dans ces ſupplices douloureux,
Son Ame pareſt toujours ſaine :
Et ce jeune Aſtre d'Orient,
Sent le feu, le fer, & la geine
Auec vn viſage riant.

Diſant, Ciel, qui voyez l'outrage
Que l'on me fait icy ſouffrir,
Ou me faites bien-toſt mourir,
Ou m'entretenez le courage :
Mon Corps, dure pour vn moment,
Tantoſt au lieu de ce tourment,
On nous couronnera de roſes
Qui naiſſent en toute ſaiſon,
Et que l'on voit touſiours écloſes
En cette celeſte Maiſon.

Le Preuoſt la voyant ſi ferme
Penſa ſe pâmer de dépit,
Et ſans luy donner de rêpit,
Ny pas vn ſeul moment de terme :
L'ayant fait battre de nouueau,
Fait rompre & arracher la peau
Auec vn peigne, & des tenailles,
Tant qu'elle monſtre par le flanc
Le cœur, les poulmons, les entrailles,
Parmy la ſueür & le ſang.

D'vne Sentence auſſi maudite
Qu'injuſte, & contraire à tout droit,
Il ordonne qu'au meſme endroit
Promptement on la decapite :
Ce jugement inique & faux
La fait conduire aux échaffaux,
Où courrent tous ceux de la Ville;
Quant parût vn homme de là
Nommé l'Aduocat Theophile
Qui de la façon luy parla.

D ij

Dame qui nous contoit naguieres
Que ton CHRIST a dans ſa maiſon
Touſiours & en toute ſaiſon
Des fruicts & des fleurs printannieres
Si tu me pouuois faire voir
Qu'il eût chez luy tant de pouuoir
Ie ſerois content de le croire :
Et quittant mes Dieux pour le tien,
Eſmeu d'vne ſi haute gloire,
Ie me voudrois faire Chreſtien.

Bien que Theophile ſe rie,
Et qu'il luy parlât en moqueur
La Vierge prepare en ſon cœur
Dequoy changer ſa raillerie :
Oüy, repart-elle, il le fera
Et te promets qu'il t'enuerra
Ce que deſire ton enuie :
Lors ſuppliant l'executeur,
De prolonger vn peu ſa vie,
Ainſi pria ſon Redempteur.

Puiſſant autheur de la nature,
Sage Recteur de l'Vniuers,
Dont les Eſtez & les Hyuers
Reçoiuent leur temperature,
Puiſque tu peus ce que tu veux,
Seigneur, vueille exaucer mes vœux,
Et monſtre ton pouuoir aux hommes,
En me donnant trois verds rameaux,
Ioins à trois roſes, & trois pommes,
De tes fruits diuins & nouueaux.

Elle n'eût pas finy dedire,
Que IESVS l'exauce la haut,
Et dépeſche vn Ange auſſi-toſt,
Auec tout ce quelle deſire :
Alors dans vn éclair nouueau,
Luy pareſt comme vn jouuenceau,
Ce meſſager auec des roſes,
Qu'elle pria dans cet eſtat,
De rendre auec les autres choſes,
A ce Theohpile Aduocat.

D iij

Qui contant la demande estrange,
Qu'il auoit fait en se raillant,
Auise en vn Vase brillant,
Le merueilleux present de l'Ange:
Tous ses compagnons à l'instant,
Mesmes tout le peuple assistant,
Se trouble a ce nouueau spectacle;
Et Theophile enfin touché,
De cet authentique Miracle
Crie pardon de son peché.

Ie suis Chrestien, dit-il à l'heure,
Faux Dieux, Tyrans, ie ne vous crains,
IESVS-CHRIST, le Pere des Sainčts,
Est seul pour qui faut que ie meure,
Pendant qu'il se resout ainsi,
HONORINE, s'apreste icy
A la mort qui la persecute,
Et fait pour la derniere fois,
En attendant qu'on l'execute,
Cette piece au Roy des Roys.

Iesvs-Christ, en qui ie me fie,
Pour ta souueraine bonté,
Voi-cy le moment limité,
Ou la triste mort me deffie :
C'est icy la fin de mes iours,
C'est apresent que ton secours
M'est totallement necessaire :
Et que ie dois bien supplier
Ta misericorde ordinaire
A ne me vouloir oublier.

Place mon ame ie te prie
Auec celles de tes amis,
Pardonne à ces miens ennemis,
Aueuglez dans l'Idolatrie :
Fay les atteindre a ce grand heur,
Qu'ils reconnoissent ta grandeur,
Ta bonté, ton pouuoir inmense,
Alors ils cesseront d'errer,
Et meus d'vne telle science,
Seront heureux de t'adorer.

Conserue par la bonté mesme
La femme preste d'enfanter,
Que son fruict sans la tourmenter
Puisse en bref auoir le Baptesme.
Que tous ceux qui t'inuoqueront
Par mon moyen, ne periront,
En terre, ou sur mer en l'orage,
Et que l'arrogance des flots,
Ne puisse donner au naufrage
Le Vaisseau de tels Matelots.

Bref que les hommes de la terre
Remplis de bonne volonté,
Soient exempts par cette bonté
De peste, de faim & de guerre:
Qu'il te plaise aussi desgager
Les ames que tu fais purger
Dans ces feux que tu leur ordonne,
Affin qu'elles puissent auoir
L'heureux aspect des Trois Personnes,
En toy seul Dieu, que ie vay voir.

Le

Le bourreau sur cette parole,
Sousleue en haut son Coutelas,
Et pour luy donner le trespas
Du premier coup il l'a Descolle:
La teste s'en va d'vn eosté,
Le tronc imobille arresté
Roidit, ayant perdu son ame;
Tous les membres deuiennent morts
A tant qu'vne pieuse Dame,
Fit vœu d'en enterrer le Corps.

Ainsi mourut en Cesaree
La plus parfaite des humains
Que Dieu mit auec tous les Saints,
Sur le lambris de l'Empyrée;
Les charmants & gratieux airs
Qu'on entendit parmy les airs,
Sortir de la bouche des Anges,
Le tesmoignerent amplement,
Outre mille belles louanges
Qu'ils luy donnerent hautement.

E

SAINCTE HONORINE descollée,
L'on tient Theophile en son rang
Qui se delecte à voir son sang,
Et sa peau toute mutilée:
On a beau le martyriser,
Il ne veut iamais confesser
De Dieu que celuy d'HONORINE,
Quand Saprice commande en bref,
Dans la crainte qu'on se mutine
Qu'à l'heure on luy trenchast le chef.

Desorte qu'il mourut comme elle
Par le trenchant d'vn mesme fer,
Aussi se voit-il triompher
Dans la mesme gloire Eternelle:
Ou maintenant il voit des fleurs
Plus rauissantes en couleurs
Que ne sont le Lys & la Rose,
Et d'vn bon-heur tant souhaitté
Voit-il pas la plus belle chose
En voyant la Diuinité?

Or apresent, ames tressaintes,
Que vous estes en ce beau lieu,
Vous pouuez obtenir de Dieu
Qu'il preste l'oreille à nos pleintes:
Priez-le donc que desormais,
Il nous concede auec la Paix
La grace de sa bien-veillance,
En nous donnant à l'aduenir
La bien-heureuse jouyssance
De le voir & de le benir.

FIN.

Oraison Acrostique, à Saincte Honorine.

Incomparable objet des espris Catholiques,
Exemple de vertus, miroir de Chasteté,
Acceptez aujourd'huy nos vœux & nos Cantiques,
Nous vous en supplions auec humilité.
Bien-heureuse Honorine, innocente Martyre,
A present que Iesus accorde vos desirs,
Priez-le d'assister mon ame qui soûpire,
Toute preste a souffrir comme les saincts Martyrs.
Il est vray que vos maux & vostre rude geine,
Sont à les desirer moins rudes qu'a souffrir,
Tout ainsi que la peur de nostre mort certaine,
Excede en passion le moment du mourrir.
De mesme en fais-je icy, ie me voüe au supplice
Et ie n'ay toutesfois tant de vigueur que vous;
C'est pourquoy, grande Saincte, agreant mon seruice,
Offrez mes volontez à vostre cher Espoux.
Ne me lassant jamais de Chanter vos louanges,
Tout mon objet sera celuy de vos bontez :
Et toutes les vertus qu'on attribue aux Anges
S'estimeront par tout vos moindres qualitez.

www.ingramcontent.com/pod-product-compliance
Ingram Content Group UK Ltd.
Pitfield, Milton Keynes, MK11 3LW, UK
UKHW020049080726
13614UKWH00004B/1966